最後の詩集

長田弘

みすず書房

LAST POEMS

by

Osada Hiroshi

First Published by Misuzu Shobo Ltd, 2015

最後の詩集＊目次

日々を楽しむ

イラストレーション　大橋歩

最後の詩集

シシリアン・ブルー

どこまでも、どこまでも
空。どこまでも、どこまでも海。
どこまでも、どこまでも
海から走ってくる光。
遠く、空の青、海の青のかさなり。

散乱する透明な水の、
微粒子の色。晴れあがった
朝の波の色。空色。水色。
影の色。ひろがってゆく白藍色。
灰緑色になり、暗い青に、
濃い孔雀色、シアン色になって、
いつか群青色に変わってゆく。
どこまで空なのか、どこから海なのか。
見えるすべて青。すべてちがう青。
藍、縹《はなだ》、紺、瑠璃、すべてが、

永遠と混ざりあっている。
イタリア、シチリアのエリチェ。
三千年近くも前に、フェニキア人が
断崖絶壁の上に築いた石の砦が
今にのこる、天空の小さな古い街。
霧のない日だった。
フェニキア人の砦からは、
世界のすべてが見えた。
文明とは何だ。——この世で
もっともよい眺望を発見するという、

それだけに尽きることだったのでないか。
ブルー、シシリアン・ブルー！
三千年の歴史だって一日に如かない。
朝から夕方までそして夜まで、
人は、一日一日を生きて、
いつかいなくなるのだ。
ただ、青い世界を
後にのこして。

カタコンベで考えたこと

誰一人、生きていない。
けれども、誰一人、死んでいない。
ここにいるのは、すべて
死者たちだった。死ぬとは、
この世から、すがたを消すことである。

ずっと、そう思っていた。
けれども、ここでは違っていた。
赤い服を着たむくろ。白いズボンを穿いた
むくろ。とんがった黒い帽子を
目深にかむったむくろ。麻の僧服を
まとったむくろ。両手を組んで
俯いたむくろ。いまにも
落下しそうに傾いでいるむくろ、むくろ。
乱れた髪をのこしたままのむくろ。
誰一人、生きていない。

けれども、誰一人、死んでいない。
頭蓋骨。朽ちた歯。頸椎。胸骨。指骨。
尺骨。大腿骨。下肢骨。骨だけだ。
凝視しているが、眼はない。眼窩だけだ。
じっと聴いているが、耳はない。沈黙だけだ。
懸命に話そうとしているが、舌はない。
一人二百本ほどの骨だけで、地下の、
白い石壁のなかに、望んで、殉教者のように、
五百年、閉じ込められてきた、むくろ。
数八千の、むくろの、

時の波紋のような、静寂。
激情はない。恐怖も。追憶も。
人が生きるのに必要としてきたものを、
むくろは、何一つ必要としない。
死んでなお、この世を去ることができない、
怖しいほどの孤独。未完の人生を
受け入れられなければ、惨めなだけだ、
完全な人生を、人が愛そうとすることは。

（シチリア、パレルモのカプチン派修道院の地下墓地で）

円柱のある風景

屋根は、ない。壁は、ない。
扉も、窓も、ない。意匠も、
何も、ない。のこっているのは、
火山性凝灰岩でつくられた、
整然とならぶ、三十四の、円柱だけだ。

円柱は、振り仰ぐほどの、巨大さだ。
けれども、ちがう。どこまでも、
青く澄んだ、空のひろがりと、
緑と石の、野のひろがりのなかでは、
円柱は、むしろ、慎ましく感じられる。
海があった、海からの光があった。
日の光が、四辺に、音もなく、
しぶきのように、飛び散っていた。
ここでは、風光が、すべてだ。
空の下にいるのだと、実感された。

無辺の、野にあって、ただ、
空を支えるように、立ちつづけてきた、
円柱たちの、その粛然とした感じ。
「この感じだけは、後の時代の
どんな美しい建築にもないように思う。
実に静かで、しんとしていて、そうして底力がある。
これはおそらく他の時代の建築に見られない
あの『単純さ』に起因するのかもしれない。
豊かな内容を持っていながらそれに強い統一を与え、
その結果結晶してくる単純さである」

シチリア、アグリジェント、コンコルディア神殿。
和辻哲郎は、かつて、ここを訪ねて、
そう書いた。その、言葉にみちびかれて、
ここにきて、そして知った。円柱たちの、
その粛然とした感じは、うつくしい建築が、
遺跡に遺した、プライドだった。
人のつくった、建築だけだ、
廃墟となるのは。
自然に、廃墟はない。

引用は、和辻哲郎『イタリア古寺巡礼』による

夏、秋、冬、そして春

（我思うところに、我なし）
春くる前の冷たい朝、
（我思わぬところに、我あり）
不意に、そう確信したのだった、
澄みわたった冬のセレストの空の下で。

確信はありふれたものを真実にする。
冬の朝の光の粒々は、真実である。
柔らかに天を指すハナミズキの、
枝々の先の、冬芽は真実である。
移りゆく季節は、真実である。
夏、秋、冬、そして春。
季節とともに物を見、感じる。
(我を担いで生きるなかれ)
季節の力を生きている樹木や花々、鳥たち、
土、水、陽差し、物の色、空の色など、

わたし（たち）のすぐそばに
一緒に生きているものたちの
殊更ならざる真実の、慕わしさ。
それら、物言わぬものたちが
日々に徴《しる》している親和力によって、
人は生かされてきたし、救われもしてきた。
そのことを無事、大事と考える。
季節のなかに、黙って身をさらし、
ただに、日々の季候を読む。
詩の仕事は、農耕の仕事と同じだ。

詩人は、古来、霞を食べて
感受性の畑を耕すことをなりわいとする
言葉の農夫だったのだから。
ほかに、何の理由が必要だろうか。
両掌で熱いティーカップを包んで飲む。
無に息を吹き込むようにして。

セレスト（至高の天空の色）

詩って何だと思う？

アラーム alarm という英語は、
イタリア語の all'arme
（武器をとれ）からきたと
辞書にあるけれども、
夜明けに目を覚ますのに、

毎日、必要なものは、
アラーム（武器をとれ）ではない。
目を覚ますのに
必要なものは、詩だ。
顔を洗い、歯を磨くのに
必要なのも、詩だ。
窓を開け、空の色を知るにも
必要なのは、詩だ。
一日をはじめるのに必要なのは、
朝のコーヒーの匂いと、詩だ。

思うに、歳をとるにつれ
人に必要となるものはふたつ、
歩くこと、そして詩だ。
角を曲がる。小さな橋を渡る。
きれいなドウダンツツジの
生け垣のつづく小道を抜けると、
エニシダの茂みが現れる。
光と水と風と、影のように
彼方へ飛び去ってゆく鳥たちと。
人生にゴールなんてないのだ。

「まわりまわってたどりついても
見ればまたぞろこの市《まち》だ。
ほかの場所にゆく夢は捨てろ」
百年前のギリシアの詩人の忠告を思いだす。
必要なのは、だから、詩だ。
詩って、きみは、何だと思う？

括弧内は、カヴァフィス「市《まち》」（中井久夫訳）による

冬の金木犀

秋、人をふと立ち止まらせる
甘いつよい香りを放つ
金色の小さな花々が散って
金色の雪片のように降り積もると、
静かな緑の沈黙の長くつづく

金木犀の日々がはじまる。
金木犀は、実を結ばぬ木なのだ。
実を結ばぬ木にとって、
未来は達成ではない。
冬から春、そして夏へ、
光をあつめ、影を畳んで、
ひたすら緑の充実を生きる、
葉の繁り、重なり。つややかな
大きな金木犀を見るたびに考える。
行為じゃない。生の自由は存在なんだと。

朝の習慣

目を上げると、もうちがう。
空に、ついさっきの雲がない。
おおきな雲が一つ、ゆるやかに
東に移動してゆくようだったのが、
いつのまにか、空の畑に、

雲の畝がいくつもつづいていた。
微かな風の音が、空を渡ってゆく。
ついさっきからいままで、
どれくらいの時が過ぎたのか。
たぶん、ほんの一瞬にすぎないのに、
その一瞬が、永遠などよりも
ずっと長い時間のように感じられる。
そこにいて、そこにいない者のように、
近くを見るように、遠くを見、
いつも通る道を、いつでも

初めて通る道のように、歩く。
一人の、朝の習慣。けれども、
いつの日も、朝の光の、
シンプルで、精妙な、移りゆきに、
何か、親しい息づかいを聴くように、
どうして、ときめくように、
魅せられるのだろう。
かつて世界が神々のものだった時代、
希望は、悪しき精霊のもので、
人に、不必要な苦痛を募らせる、

危険な激情のことだった。
未来も、そうだ。意志によって
達成さるべき目的が未来だなんて、
神々の時代が去ってからの
戯言にすぎない。未来を騙るな。
風の声がささやいて、走り去った。
神々がいなくなって、人が
得てきたものは、得ることによって、
失ったものだったのだと思える。
真実はつねに逆説的なのだ。

一刻を失うことなく、一日を
生きられたら、それでいい。
立ちどまり、空を見上げ、立ちつくす。
あの欅の林の梢の先にきらきら光る、
日の光が、今日に遺されている
神々の時代の、うつくしい真実だ。

神々の時代については、F・M・コーンフォード
『ソクラテス以前以後』（大川瑞穂訳）による

アッティカの少女の墓

葉桜の季節がくると、
ハナミズキの枝々の先に
幼い葉たちが群れて、揺れながら、
柔らかな日の光をつかんで、
いっせいに、萼《がく》を開きはじめる。

空の色がいちだんと淡くなって、
遠くへとひろがってゆく。
晴天の、白藍色の、その中空に、
一冊の小さな本の記憶が、
雲のように、ふわりと浮かんでいる。
『或るアッティカの少女の墓』
本文わずか72頁の小さな本。
二五〇〇年前、幼くして逝った
一人の少女の死についての本。
少女の名も、少女の顔も知られない。

少女は、何者でもなかった。
けれども、出土したこの少女の
日頃愛蔵した普段の品と思われる
簡素な副葬品は、一つとして
その死を、暗鬱なものと伝えないという。
死が遺すものは、何であるのか。
古代アッティカの時代、人の生活は
白日のうちにすべてにまさって輝いていた。
春の朝の空気のように、死は透明だった。
英雄でも半神でもない。そこには

もう一人の自分がそこにいると感じられる
幼い少女がいるだけ。悼むとは、
死者の身近に在って、死者がいつまでも
人間らしい存在であれとねがうことだった。
死のなかでなお生きつづける親身な精霊。
死者は、時を忘れて生きる存在にほかならない。
四十雀の激しい啼き声に、目を上げると、
目の前に直立するアケボノスギの、
ながく孤独な裸木にすぎなかったのに、
いま、枝先の新芽の閃くようなうつくしさ。

花々と樹々のあいだの細い小道を、
わたしは、本を読むように歩いてゆく。
空の本の文字を、一行一行、
一人、渉ってゆくような速度で。

エルンスト・ブシォール『或るアッティカの少女の墓』（澤柳大五郎訳編）

アレッツォへ

登りとはほとんど感じられないのに、
登りきったところで周囲の景色がひろがり、
丘の上にいることにはじめて
気づくようなのがいい。
眺めというのは光の恩寵なのだから。

真夏の静かな昼下がりの、
一点の曇りもない空の青を見ると、
アンリ・フォションの言葉を思いだす。
十五世紀イタリアのルネサンスの画家、
ピエロ・デッラ・フランチェスカについて
明晰な美術史家はこう言ったのだ。
ピエロの世界では真昼時、
陽が天頂に達して輝き、
大気に十分に場所があたえられて、
樹液滴る豊かな木々が描きだされると。

風景は、ピエロにとっては、
それこそが絵画の本質的な部分だった。
ピエロの描く人は、大地と結びついている。
のどかで、鄙びて、石のように
堅固に、ゆっくりと年を経てゆく。
人は妄念を生きるのではない。
風景を生きる。風景は装飾でなく、
無骨に生きる人たちの世界の像なのだ。
風景は開かれた眺めをもたなければならない。
なぜなら、人には、ある種の孤独、

休息のかたちをとった
空間が必要だから。
生きられた人生の後に、
人が遺せるのはきれいな無だけ。
時の総てが過ぎ去っても、
なおのこる、軽やかでいて
濃い空の青だけだ。
アレッツォへ行こう、
古い小さな丘の街へ行こう。
夏の最後のバラが枯れ散る前に。

ピエロが、故郷の街の
古い簡素な大聖堂に描き遺した、
仰ぎ見るしかできない
トスカーナの、空の青を見に。

アンリ・フォションン『ピエロ・デッラ・フランチェスカ』（原章二訳）

アッシジにて

地下水が溢れる土地。小麦、大麦、
ぶどう、いちじく、ざくろが実る土地。
オリーブの木と緑の油のある土地。
春の雨、秋の雨の降る土地。
乳と蜜の流れる土地。

ここはそうだったのだ。
見通せるかぎりのすべてが
眼下に見える、街でいちばん高く
いちばん古い城塞の廃址から、
いま、イタリア、ウンブリア、
アッシジの街と畑と野と丘と空を
見つめていて、気づいたのだ。
街と畑と野と丘と空を、わたしは
見ているのに、わたしが見ているのは、
(見るとはしんんと感じることだった)

わたしがいま、ここに在る、
この場所をつつむ風光なのだった。
アッシジは、胸突く狭い坂道を
複雑につないでいる山の斜面の街だ。
その街の建物はぜんぶ、後ろの
山の石切場で切り出された、
幼な子の肌色をした石でつくられている。
聖堂も、教会も、大いなる修道院も、
中世来の建物も、街の普通の家々も、
幼な子の肌色をした風光のなかに溶け入って、

読者カード

みすず書房の本をご購入いただき，まことにありがとうございます．

書　名

書店名

・「みすず書房図書目録」最新版をご希望の方にお送りいたします．

（希望する／希望しない）

★ご希望の方は下の「ご住所」欄も必ず記入してください．

・新刊・イベントなどをご案内する「みすず書房ニュースレター」（Eメール）をご希望の方にお送りいたします．

（配信を希望する／希望しない）

★ご希望の方は下の「Eメール」欄も必ず記入してください．

(ふりがな) お名前　　　様		〒
ご住所　　都・道・府・県	市・郡 区	
電話　　（　　　）		
Eメール		

ご記入いただいた個人情報は正当な目的のためにのみ使用いたします．

ありがとうございました．みすず書房ウェブサイト https://www.msz.co.jp では刊行書の詳細な書誌とともに，新刊，近刊，復刊，イベントなどさまざまなご案内を掲載しています．ぜひご利用ください．

郵便はがき

料金受取人払郵便

本郷局承認

5391

差出有効期間
2024年3月
31日まで

113-8790

東京都文京区
本郷2丁目20番7号

みすず書房営業部
行

通信欄

（ご意見・ご感想などお寄せください．小社ウェブサイトでご紹介させていただく場合がございます．あらかじめご了承ください．）

（風の音、そして消えてゆく鐘の音）
ウンブリアの陽光が、明るい沈黙のように
夏の丘を下って、ひろがっていた。
聖フランチェスコが生まれ、死んでいった、
この純潔な幼な子の肌色をした土地。
いと高き神のまなざしの満つるところ。
どこからきたの？　雑草と石ころが言った。
どこへゆくの？　小さなトカゲが言った。

乳と蜜の流れる土地は、旧約申命記による

フィレンツェの窓辺で

街は街の匂いだと思う。朝の匂い。
昼下がりの光の匂い。影の匂い。
灯ともし頃の、夕暮れの匂い。
むかし修道院だったという、
フィレンツェの石の街の宿からは

アルノ河のゆたかな水の輝きが見える。
部屋の反対側の小さな窓からは、
くすんだ建物のあいだを抜けてゆく
すり減った石畳の細い路地が見える。
路地には有機パンの小さな店があって、
パンを抱えた老女が路地の奥へ消えてゆく。
過ぎてゆく時の足音が聴こえるようだ。
ドゥオーモのほかに、フィレンツェには、
高い建物がない。空の青い広がりがきれいだ。
やわらかな白い雲の塊が、次から次へ、

飛ぶように、空を走ってゆく。
ちがう。小さな翼をはためかして飛んでゆく、
あの雲はふっくら太った輝く手足をもつ
童子天使たちだ。無垢な肌と、
天を見つめる澄んだまなざしと、
大きな小鳥たちのようにうつくしい
背中の羽根の羽ばたきと。
風が、ロッソ・フィオレンティーノの、
アンドレア・デル・サルトの、
ラファエロの童子天使たちの

ざわめきを運んでゆくのが、窓から見える。
ずっと、不思議な音楽の響きが、
耳の奥で鳴っていた。シュトックハウゼンの
「少年たちの歌」だ。近づいてきては
遠ざかり、消えたかと思うと、不意に耳元で、
飛び散る水沫のように、童子天使たちの
幼く短い叫び声がする。フィレンツェでは、
束の間にすぎないのだ、五百年だって。

ハッシャバイ

昔ずっと昔ずっとずっと昔
お月さまがまだ果物だった頃
神さまは熟したお月さまを摘んで
世界の外れにある大きな戸棚に
仕舞ってからぐっすり眠った

世界は眠ったみんな眠った
おやすみなさいと闇が言った
おやすみなさいとしじまが言った
ハッシャバイ（静かに眠れ）
人生は何でできている？
二十四節気八十回と
おおよそ一千個の満月と
三万回のおやすみなさい
そうして僅かな真実で

ラメント

昔ずっと昔ずっとずっと昔、
公園の、桜の樹の下で、
子どもたちが、熱心に、
地面に、棒で円を描いていた。
「それは何？」桜の樹が訊いた。

「時計」一人が言った。
「サッカーボール」一人が言った。
「明星」一人が言った。
「花の環」一人が言った。
公園には、もう誰もいない。
昔ずっと昔ずっとずっと昔、
あの日、地面に棒で円を描いた
子どもたちはいまどこにいるだろう?
時計でも、サッカーボールでも、
明星でも、花の環でもなかったのだ。

子どもたちが描いた円は、
子どもたちの、魂への入り口だった。
立ちつくすしかできない
桜の樹はずっとそう考えている。

詩のカノン

昔ずっと昔ずっとずっと昔、
川の音。山の端の夕暮れ。
アカマツの影。夜の静けさ。
毎日の何事も、詩だった。
坂道も、家並みも、詩だった。

晴れた日には、空に笑い声がした。
神々の笑い声は平和な詩だった。
平和というのは何であったか。
タヒラカニ、ヤハラグコト。
穏ニシテ、變ナキコト。
大日本帝国憲法が公布された
同じ明治二十二年に、
大槻文彦がみずからつくった
言海という小さな辞書に書き入れた
平和の定義。平和は詩だったのだ、

どんな季節にも田畑が詩だったように。
全うする。それが詩の本質だから、
死も、詩だった。無くなった、
そのような詩が、何処にも。
いつのことだ、つい昨日のことだ、
昔ずっと昔ずっとずっと昔のことだ。

One day

昔ずっと昔ずっとずっと昔
朝早く一人静かに起きて
本をひらく人がいた頃
その一人のために
太陽はのぼってきて

世界を明るくしたのだ
茜さす昼までじっと
紙の上の文字を辿って
変わらぬ千年の悲しみを知る
昔とは今のことである
黄金の徒労のほかに
本の森のなかに何がある？
何もなかったとその人は呟いた
構わないじゃないかと太陽は言った
Forever and a day

一日のおまけ付きの永遠
永遠のおまけである
一日のための本
人生がよい一日でありますように

日々を楽しむ

ネムルこと

ネムルこと。わたしのいちばんの日々の楽しみはそれ。目をつぶる。静かである。ネムルはそれだけだ。

けれども、ただ目をつぶるというだけのことなのに、漢字で書くと、ネムルはいくつもの異なる漢字になって、それぞれに異なる意味をもつさまざまなネムルに変わる。

ネムルは睡眠だ。ところが、その「睡」と「眠」からして、「睡る」と「眠る」では、ネムルの意味が違うのだ。字源辞典である「字統」をみると、うつくしい蓮《はす》を睡《すい》蓮《れん》と書くように、「睡る」はうつくしいネムル。

この世に初めてやってきた赤ちゃんのネムルは、ほんとうにうつくしい。うつくしいとは、余計なもののないこと。すなわち、無（ナッシング）であるネムルが「睡

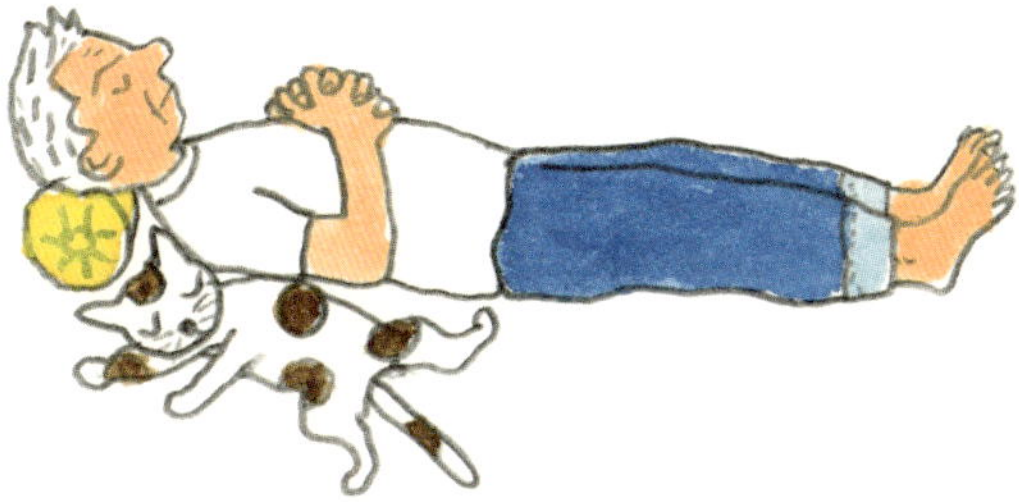

る」だ。長じての、とらわれない熟睡も爆睡も無であるネムル。すべてを失ってしまう昏睡《こんすい》もまた、無であるネムルだ。

だが、ふだんに使われる「眠る」は違う。「眠る」は目覚めるまでの中断、休止、休みであるネムルだ。「眠」は「民」の字をもつが、ミンである「眠」という文字には、目を傷つけられた人、見ることを妨げられた人というような含意があるらしい。

「眠」とおなじ意味合いでふだん頻用されるネルの「寝る」もそうで、「寝る」は夢に襲われるネムルだ。夢は悪夢であり、「寝」は夢魔に侵されて寝臥《ねぶし》する意とされる。病、患いによる病臥《びょうが》もおなじ。夢魔のしわざに侵されてのネムルだ。さらに、もう一つのネムルが、「瞑る」と書く死に至るネムル。「もって瞑《めい》すべし」とは安んじて死ぬということ。これで終わりというネムルだ。こうしてみると、なるほど人の一生はネムルではじまり、ネムルで終わるのだと、つくづく思わされずにはいない。

1日8時間ネムルなら、75年生きれば、人は25年の時間をネムルのだ。一夜眠るあいだに50年を生きて人生を知った邯鄲《かんたん》の話や、眠って目覚めたらとうに20年が過ぎていたリップ・ヴァン・ウィンクルの話は、若い日には荒唐無稽だったが、いまは切実な真実だと知っている。わたし自身すでに人生のうち25年をただ眠って過ごしてきたのだから。

いまわたしのいちばんの日々の楽しみは、無（ナッシング）であるネムル、「睡る」だ。横になったらすぐに寝入って、ほとんどと言っていいくらい夢を見ない。きれいにネムル。わたしに言わせれば、ぐっすり睡って、醒《さ》めて見るのが夢である。いくばくぞ穏やかに瞑るまで。

探すこと

探すこと。ときどきふと、じぶんは人生で何にいちばん時間をつかってきたか考える。答えはわかっている。いつもいちばん時間をつかってきたのは、探すことだった。探すというのは、いまここにないものを探すということ。ただそれだけのことなのだが、ただそれだけどころか、実際はきわめて不条理、不可解。

というのも、それがないと気づくまでは、それがないということに気づかないのが、ないものであるからだ。しかも、なぜないか、どうしてないか、原因も理由も不明、全然思いあたらない、わからないのが、ないものであるからだ。

記憶にはちゃんとのこっている。けれども、確かめたくても、探そうにも探しようないままの一枚の写真。１９４６年４月の新制小学校の入学式にクラス全員で撮った

はずの写真。はっきり覚えている。日差しの明るい、学校の咲きほこる花壇の前で撮ったが、わたしは友人と騒いでいて、先生に注意されたはず。

しかし、写真を撮った情景こそ覚えてはいても、写真そのものを見た覚えも、その写真をかつて持っていた覚えもない。そのくせ、写真がないという空白の感覚だけが、はっきりと記憶にのこっている。

探すというのは、ないと知って探すことがすべてではないのだ。本もそうだ。本の楽しみは、わたしの場合、本屋にゆく楽しみであり、本屋は、そこにゆくまで思ってもいなかった本に遭遇する場所だった。

知っている本ではなく、知らない本のあるところだったから、本屋で知ったのは、それまで知らなかった本を探すおもしろさだ。（キーワードなんかなしに）ゆき当たりばったり、偶然の幸運を手に入れるまで、勘を当てに、何を探しているかわからずに探す。

そのように、探すことが精神のフィッシングであるような時間とは逆に、ただただ理不尽な結果しかもたらさない、もっとも奇妙なないものはと言えば、それは、たとえば靴下だ。日常、人間しかはかない靴下には、どうしようもない謎がある。

靴下は左右二つで一足。ところが、洗濯のあとには、片方だけなくなって、どこかに消えてしまうこと一再ならず。洗って乾して蔵《しま》う。それだけのあいだに、どこになくなってしまうのか。しかも一度たりとも、なくなった片方が見つかったことがない。探しても徒労。太古から裸足《はだし》の神の悪戯《いたずら》としか思えない。

人間は探す生き物。探し探して無に終わる、虚《むな》しくも愛すべき生き物。

ドアは開いている

「ドアはつねに開いている」。このところつづけて耳にした決め言葉だ。「対話のドアはつねに開いている」と語ったのはこの国を代表する政治家。「すべての選手に対しドアは開いている」と語ったのはサッカー代表チームの監督。たぶんそうした言葉に、まだ見えていない展望への希望と期待を託して伝えようとしたにちがいない。

「ドアは開いている」(英語で「ザ・ドア・イズ・オープン」)は、ドアをノックされたら「どうぞ」と返す、日常の平凡な返し言葉だ。けれども、である。状況が変わると、それは、途端に一変してしまうような言葉でもある。

言い争い、けんかして、揚げ句に「ドアはつねに開いている」と言えば、それは

「出ていけ」という意味になるし、その通り「ドアはつねに開いている」(「ザ・ドア・イズ・オールウェイズ・オープン」)というカントリーの名曲に歌われると、それはやるせない限りの意味になる。恋人が出ていった家で、男はなすすべもなく、帰ってこない女をただ待っている。ドアはつねに開いている。

この世は戸の閉められた世界ではない。「戸はつねに開いている」と言ったのは、古代ローマの哲学者エピクテートスだった。

「要するに、戸が開《あ》いているということを、記憶しておくがいい」

「もしきみに益がなければ、戸は開いている。もし益があれば、がまんするがいい。というのは、すべてに対して、戸は開いているはずであり、かくて、何も面倒はないからだ」(鹿野治助訳)

人は何をなすべきかだと思いきりよく生きたエピクテートスに後に正面から向き合ったのは、たとえば、人は何をなしうるかだとした近世の思想家パスカルだったが、気ぶっせいな日に読んで効くのはエピクテートスだ。

目に見える成果を早くと訴える人に、エピクテートスは答えて言った。

「大事なことは何事でも突如として生ずるものではない。一個のいちじくでもそうだ。もしきみがいまわたしに、じぶんはいちじくがほしいと言うならば、わたしはきみに、時間が必要だと答えよう。まず花を咲かせるがいい。次に実を結ばせるがいい。それから熟させるがいい。

いちじくの実は、突如として、そして一時間のうちに出来上がらないのに、きみは人間の心の実を、そんなに短時間に、やすやすと所有したいのか。わたしはきみにいうが、それは期待せぬがいい」

習慣のつくり方

カントさん、毎日午後3時に、村の道を散歩する。小学生のとき、覚えた言葉。たぶん絵入りの子ども向けの雑誌に載っていた伝記か何かで、偶然に読んだのだと思う。カントさんのカントは、18世紀ドイツの名だたる哲学者。カントさんが誰かなど知る由《よし》もなかったが、敗戦直後の昭和20年代は、子ども向けの雑誌には絵入りのカントさんのエピソードが載るような時代だったのだろう。

ただ、子どものわたしにつよい印象をのこしたのは、カントさんの毎日の散歩の仕方だった。村の道を散歩するカントさんの姿を目にすると、時計を見なくても、いまが午後3時だとわかった、というカントさんの習慣のつくり方だ。

近代以降の社会生活というのは、時間を規則として成り立っている。けれども、個

人生活においては、もともと時間というのは習慣であって、規則ではない。

カントさんは毎日午後3時に村の道を「散歩する」。それは習慣であって、「散歩しなければならない」規則ではない。カントさん、毎日午後3時に、村の道を散歩する。子どものときに覚えたその文句は、以来いまにいたるまで、規則としての時間になじまないわたしの、日頃のおまじないの文句のようになった。

江戸時代のこの国の時間の数え方は不定時法で、昼と夜を6等分した一刻が基本。昼と夜の長さは季節で変わるから、一刻の長さも変わる。おおまかだったが、（実感に竿《さお》をさす）正確さがあった。わたしは江戸時代の板暦をもっている。片方に大、もう片方に小、と刻まれていて、31日まである月が大、そうでない月のほうが小。おおまかでいて正確な永久暦だ。

明治以降、一日を24等分する定時法が社会生活の規則の土台になって、それはこの国の社会のあり方、ものの考え方の全体を変えてきたと思う。

定時法は季節を、風景をもたない時間だ。寸分の隙もない（ただし実感のない）精緻な規則としての時間を象徴する代表的な一つは、徹底した時間厳守をつらぬく新幹線のもたらした時間の感覚かもしれない。

品川駅に新幹線が流れるように入ってくる。カントさん、毎日午後3時に、村の道を散歩する。わたしは、いつものおまじないをとなえてから、新幹線に乗りこむ。

何もしない

何もしない。趣味は何もしないことと言われてもいいほど、何もしない。釣りをしない。ヨットは知らない。碁を打たない。将棋をしない。パチンコをしない。ゲームセンターにゆかない。運動も自分では何もしない。ゴルフをしない。テニスをしない。走ることをしない。野球をしない。泳がない。スキーをしない。車は25年かけて北米大陸をぜんぶ走るだけ走って免許返上。旅をしても、ツアーで旅しない。温泉宿にゆかない。遍路にゆかない。博才なく、賭け事をしない。麻雀《マージャン》をしない。競馬をしない。目的が先にあることをしない。的を射る弓を引かない。武術にはおよそ縁遠い。

盆栽をしない。植栽をしない。画筆も墨筆もとらない。コーヒーも紅茶もおいしく

いただくが、凝ることはしない。大手術をしてからは、酒やビールから遠ざかったままで、ワインは最初の一杯が最後の一杯である。

書くことはわたしにとって、パソコンの前に座ってする仕事。そのために必要なのは上手に目を休ませ、何もしないこと。けれども、何もしないことは何かをすることよりも難しいかもしれない。何もしないのは、虚心坦懐《たんかい》を求めるようなものだからだ。

何もしないときにすることは、せいぜい本を読み、絵を見、音楽を聴き、DVDかブルーレイで映画を観《み》るぐらい。だが、それはわたしの場合ほとんど仕事と地続きなので、楽しみのためとばかりはいえない。わたしにとって純な楽しみは、何もしないためになくてはならないもの、すなわち、毎日座る椅子だ。

木の床の古い家に30年住んでいて、ずっと大切にしてきたのは、何もしない時間のためにふと見つけて手に入れた木の椅子たちだ。好きな椅子は、何のクッションも必要としない。素の木の椅子。木材そのものが呼吸していて、何もしないでずっと座っていられる、座り心地のいい椅子だ。

その一つ。食事に普通に使っている、サボナローラの椅子とよばれる、イタリアの、さりげないのに手の込んだ、うつくしい折りたたみ椅子。とにかく食事の気分を一変させてくれる。親友のような椅子だ。食後に、塩漬けオリーブ二つ、三つ。楽しからずや、何もしないこと。

お気に入りの人生

食べることはふしぎな楽しみ。どんなにおいしいものをおいしく食べても、おいしいほど、後に何ものこらない。ごちそうさまと言ってしまえば、おしまいだ。しかし、本当言うと、食べた後にはもう一つ、間《ま》が欲しい。

間というと、大げさに聞こえるが、要するに、ちょっとぼんやりしたいのだ。何も考えない、ほんの少し無の時間。

あるとき、小料理屋のカウンターで、食事を終えて、ちょっとぼんやりしていたとき、目の前にすーっと、小鉢が一つ差しだされた。顔を上げると、主人が片目をつむって頷《うなず》いた。小鉢には、香ばしいお焦げのごはん粒一つまみ。

これがおそろしくおいしかった。以来、癖になった。食事の後に一呼吸、間をつく

る。ちょっと15分くらいのわずかな時間。ところがどっこい、この何も考えない、ほんの少しの時間の15分の、なんと長いことか。

そのような、誰かと共有できる時間というのではない15分をつくりだすのになくてはならない、仕掛けとしてのささやかな贈り物一つまみを、自分に用意することが、いまでは日々の最良の楽しみになった。

素のものがいい。無味に近いもの。松の実。焼き銀杏《ぎんなん》。焙《あぶ》りにんにく。新たまねぎのスライス。曲がった小さなきゅうり。

小なすの漬物。山盛りのキャベツの千切り。レタスはじめ朝採れの生野菜はすべて。よく乾いたアーモンドの実。湿ったレーズン。夕日色した干し柿。

噛みしめて飽きないするめ。やりいかの刺し身。蛸のぶつ切り。あなごの箱すし。まれに泉州の水なすの浅漬け。太った椎茸《しいたけ》。塩茹《ゆ》でのだだちゃ豆。納豆、神田明神の大きな粒の。京都錦のちりめん山椒《さんしょう》。キムチ。オイキムチ。満願寺唐辛子。自分で煮た、砂糖なしの十勝大豆一皿。

チーズ、パルミジャーノ。山羊《やぎ》のチーズ。モッツァレラ。青カビチーズのゴルゴンゾーラも。オリーブの実の塩漬け。桃太郎トマトまるまる一個、スライスで。ボンレスハム。粗挽《あらび》きのソーセージ。アルコールなし。たまに、バゲット一片とかベーグルも。ザルツブルクの岩塩を一舐《な》めのときも。

とりとめもない、ささやかな、お気に入りのリスト。しかし、よき人生なんて、もともととりとめもない、ささやかな、お気に入りの人生にすぎないのではないだろうか。

「最後の詩集」の十五篇は、季刊雑誌『住む』（二〇一三年夏第四十六号〜一五年春第五十三号）に、Made in Poetry として連載された「シシリアン・ブルー」ほか八篇に、おなじ時期に発表された「詩って何だと思う?・」（季刊「星座—歌とことば」二〇一四年第六十九号）以下の七篇をくわえ、一冊の詩集として構想された。「冬の金木犀」（文藝春秋二〇一四年三月号）「アッティカの少女の墓」「One day」（春風新聞二〇一四年春夏号、一四年秋冬号）「ハッシャバイ」（季刊「びーぐる」二〇一四年十月第二十五号）「ラメント」「詩のカノン」（福島民報二〇一四年一月一日、二〇一五年一月一日）。

発表後、詩のおおくに推敲を徹底し、一篇はタイトルを改め、本書を以て決定稿とした。（長田弘）

＊

「日々を楽しむ」の六篇は、大橋歩のイラストレーションとともに、二〇一四年七月から十二月にかけて共同通信社より配信され、全国の新聞に掲載された。（みすず書房編集部）

著者略歴

（おさだ・ひろし）

詩人．1939年福島市に生まれる．1963年早稲田大学第一文学部卒業．65年詩集『われら新鮮な旅人』でデビュー．98年『記憶のつくり方』で桑原武夫学芸賞．2000年『森の絵本』で講談社出版文化賞．09年『幸いなるかな本を読む人』で詩歌文学館賞．10年『世界はうつくしいと』で三好達治賞．14年『奇跡—ミラクル—』で毎日芸術賞．2015年東京都杉並区で死去．『長田弘全詩集』のほか，本書『最後の詩集』と『誰も気づかなかった』（みすず書房）がある．

長田弘
最後の詩集

2015年7月1日　第1刷発行
2023年5月16日　第7刷発行

発行所　株式会社 みすず書房
〒113-0033 東京都文京区本郷2丁目20-7
電話 03-3814-0131（営業） 03-3815-9181（編集）
www.msz.co.jp

本文印刷所　精興社
扉・カバー印刷所　リヒトプランニング
製本所　松岳社

Printed in Japan
ISBN 978-4-622-07932-3
［さいごのししゅう］